桜の木にのぼる人

大口玲子
Ryoko Oguchi

短歌研究社

桜の木にのぼる人　目次

二〇一二年

桜の木にのぼる人

Omunia munda mundis.

二〇一二年

野の花

その人の日本語がまづ好きになりときにほれぼれと聞く春の雨

鳥の名を訊ねむとわが名呼ぶ人を水辺に立てるイエスと見をり

2012

「さくら」とはまだ言へぬ子が指差してササノ、ササノと鳴きしかの春

ダンゴムシをてのひらに載せバスに乗り降りて花壇の土に落とせり

まつげパーマ勧められをり仙台より転送されてきたる葉書に

わが遅刻の一部始終は夕暮の濃きサングラス越しに見られゐむ

日本語から母語にシフトして流暢となる音声を盗み聞きをり

Ciao! と言ひ携帯電話切るまでの典雅イタリア人シスターの

きみが摘み子に渡したる野の花を子はためらはずわれに渡しぬ

うつとりと子は眺めをりはだか木の雀だまり日だまりの猫だまり

フィリポ・カイサリア地方に緑したたるとはじめて聞きし朝の葉擦れは

唯一の趣味は聖書と言ふ人の豊穣を畏れ孤独を恋へり

2012

ノリ・メ・タンゲレ

声のみを電話で重ね合はせたり春の大淀川を隔てて

オリーブの枝剪りにゆく土曜日の岬をつつみ霧雨のふる

ひよこ豆とキャベツ煮てまるきパン添へて極力小さき弁当つくる

橘橋渡り迎へに来るひとの車に花びらはりつきてをり

オリーブの枝を求めて南下する日南海岸さくらちりそむ

田植とうに済みたる水田過ぎながらしげく会ふことよろこびならず

オリーブの枝剪る人より受け取りてオリーブの枝を揃へ束ねつ

日本に帰化したといふイタリア人司祭の枯淡に引き合はさるる

仙人のたたずまひやぶり滔々と母語にて語りそむ別れぎは

この岬がいちばん好きな場所と聞き直後突風に帽子飛びたり

きみと居て鎧ふことなし岬馬の鼻先撫でてやさしくなりぬ

2012

本当は触れてはならぬ岬馬の草食む激しき音を聞きたり

その人に叱られながら沖をゆく船の白さを目で追ひつづく

駒止の門に手を振りさう言へば牧水歌碑に今日立ち寄らず

水面を見つつ語れるよろこびの言葉すべてを聞きとどめたき

距離をたもち海岸を歩く春ゆふべ人の猫背を遠く見守る

みことばを語る水辺のまぶしさのここはガリラヤ湖畔にあらず

2012

みづからの気配を消して祈るときひとの呼吸の深さ聞こゆる

相寄るといふこともなき夕暮やづけづけ言はるることにも慣れて

言ひよどむわれを容赦なく問ひつめて不意に朗らかなイエスの声は

この春の深みにはまることもなくひとの短気に暫し付き合ふ

小さき滝いくつも過ぎて黙り込むわれに歩調を合はすでもなし

満月のなつかしく近くあらはるる週末きみの言葉に渇く

春の夜の黄色いすべり台の下わが家の鍵は落ちてゐたりき

説教にときに命をかけてゐる凄みありときに聞き流したり

復活のイエスに手首つかまれて立ち上がり春の汗ぬぐふべし

その人が痩せて見えたる日曜日　祈りのためにありや言葉は

2012

寒色

うながされ罪を告白するときにわが日本語のまづしさは見ゆ

月光は尖りつつ差す日本酒を選ぶときさへ言葉によりて

日の暮れを別れがたくて壮大なる樹木伐採計画聴けり

何といふ無防備な姿でわれを待つひとか手ぶらでバス停に立ち

キリストの体いただくと接近し瞳の底の寒色を見つ

誰よりも深く頭を下げきみが最後に灰を受けし水曜

震災の話を皆が聞きたがり話せば満足さうに帰りゆく

渡されしレモン五つを二瓶のジャムにして一つきみに返しぬ

さくらあんぱん

悩みのパンを食べなければならない。あなたが急いでエジプトの国を出たからである。それは、あなたがエジプトの国から出た日を、あなたの一生の間、覚えているためである。

〈申命記十六章三節〉

宮崎より遠望すればスローガンの〈「東」は未来〉今もまぶしき

「東北振興」「不羈独立」といふ社是を月に二度われも嚙みしめゐしを

引越しの荷物とともにトラックで北上し妻となりし日思ふ

東北をまだ見尽くさず白河の関越えてより十年過ぎぬ

非常勤講師として短い間通った。

晩春の福島大学キャンパスに雨降り続く映像を見つ

週一度新幹線で通勤し日本語教へゐし新婚のころ

非常勤講師控室

「専門は和算」と微笑む老紳士とデスク共有せし記憶あり

2012

ホームでひとり上りの電車を待ちゐしは東北本線金谷川《かなやがは》駅

「生まれたいのちは生きられるだけ生きたい」（吉野せい「わたしは百姓女」）

いくたびも「影響なし」と聞く春の命に関はる嘘はいけない

宮崎のアクセントいまだ持たぬわが聖書朗読のつるつる続く

一年前もレンゲ畑を眺めゐき息子の掌《て》つよく握りしめつつ

震災後宮崎へ来た避難・移住者の会あてに、寄付やさまざまな支援の申し出をいただく。

「福島のお母さんに」といただきし百キロのヒノヒカリ分配す

「福島の人は居ませんか（福島でなければニュースにならない）」と言はる

福島市内から母子で福岡へ移住したと言う。

「福島を返せ」と叫ぶほかなしとデモに三人子《みたりご》を伴ひきたる

復活祭・花祭り重なる日曜日去年《こぞ》はせざりし花見に疲る

まだわれに声あらば声上ぐるべし春の虹立ちたちまちに消ゆ

震災後八日で仙台を離れたるわれが震災の日を語りをり

報道さるることなき数値に春の土汚れてゐると伝ふるメール

移住先に迷っていた一年前。

「長崎まで来てなぜ宮崎に来ないか」と言ひくれし伊藤一彦の声

2012

宮崎へ来て一年を記念する晩餐のパンに塩添へられて

三歳の息子に大方とられたるバルサミコ酢のチキン南蛮

仙台に留まらざりし判断に迷ひはないかと言はるればなし

燻製のハムと一緒に届きたる絵本の冷えを子は喜べり

ゆく春のゆふべパン屋に売れ残るさくらあんぱんよもぎあんぱん

二〇一二年五月五日

日本の全原発が停止する日の十五夜を確認したり

虹も蛍も

聖櫃の前にかきつばたいけられてその紫の深みを捧ぐ

わが聖書へ投げ込むやうに強引にはさみこまれし木の栞あり

「創世記」後半の波瀾万丈を映画に眺めつつたのしまず

エジプトに奴隷となりて苦しめるヨセフに奴隷の汗にじみゐき

思はざる箇所に下線が引かれたる他人《ひと》の聖書を書棚に戻す

2012

虹ふたへにかかるこの世を生きながらつねに分断を強ひられてゐる

そのいのちそのものらしく在ることの大切しみて緑陰にをり

子はよその家族の父親に尋ねたり「ほたる居ますか」大きな声で

樹下やうやく暮れかかる頃はじめての蛍みつけて子が走りだす

かじかなく沢辺にほたる追ひながら子はいくたびも視界から消ゆ

はつ夏の虹も蛍もはかなくてわれより先に子が見つけたり

2012

朝市のおじぎ草　子はことごとくおじぎさせゆき一つも買はず

好々爺ぶりが楽しき宮崎市消防団音楽隊指揮者

四歳の息子確実に巧妙にわれの言葉を盗みゆくらし

ミサの前歩きつつ祈るその人の猫背の角度真似て息子は

「アクセルとブレーキを同時に踏む人」ときみに評されしわれがわからず

きみに寡黙の「か」の字もなくてをりをりを誰のレバノン杉として立つ

夕涼みしつつおにぎり食べてゐる大淀河畔なかなか暮れず

よきことのみ語り合ふべき夕暮を助詞の一つにこだはるわれは

日没後その人は素足にサンダルで橘橋を渡りてきたる

仙台教区カテドラルにあるレリーフのペトロとパウロのおもかげ不意に

フィレンツェのロンドンの岸和田の花火きみの記憶の花火を聴けり

酒は悪魔の飲み物ですと言ふ声は飫肥《おび》杉の樽眺めゐるとき

2012

八幡さまの夏越の祭りの人ごみにまぎれ息子と黒酢を飲めり

かばん・帽子ひとに預けてしやがみこみ金魚すくひに真剣になる

金魚すくひしたがらぬ子を肯ひて母われは三匹をすくひたり

またたきて子は凝視せり盆踊りの前座としてのベリーダンスを

その人の内部に冷えて瀑布あり飲酒するわれを一度も見せず

関心を持ち合ふことにためらひの生《あ》れて帽子を深くかぶりぬ

夕立は橘通りをぞんぶんに洗へりわれは立ち直りたり

キャンドル・ナイト

素裸で納豆ごはん食べる子のはじめての夏休み一日目

朝ごとにブーゲンビリアの木のもとで自転車をとめ鍵をかけたり

2012

夏木立ゆきつつ聞けり唐突に「ないぶひばく」を言ふひとの声

海がすこし怖い子と海の家に来て動物将棋の盤を広げる

無用な被曝避けて暮らせと言ひくれしたつたひとりと振り返るなり

宮崎にいつまで居るのと訊かれたりアガパンサスのむらさきしみる

噴水に向かひてふたり歩むときも息子は息子の帆を張りてゆく

夕暮の大淀川に草垂らし子は長く釣りの真似してゐたり

2012

六月二十九日「内部被ばくを生き抜く」上映会夜の部

官邸前八万人をこえたると聞きたるのちに電気を消して

「内部被ばくを生きる」ではなく「生き抜く」としたる心の急流思ふ

壊れたる1F映り「へーこれがゲンパツかー」と息子は言へり

二本松市同朋幼稚園

僧籍の園長に子ども五人ゐて「光が見えない」と洩らす息づかひ

さつきあめ紫陽花を濡らす夜のはじめブレーカー落としともすキャンドル

キャンドルの小さきほのほを見つめつつ南瓜のスープすする息子よ

2012

キャンドルの灯を浴室へ運びたり子は神妙な顔で頷く

今晩の月のするどさ電気ひとつも使はぬ夜の濃さを味はふ

らふそくでお風呂に入る金曜日また来週もきつとしようね

一冊も絵本読まざるこの夜のフェルジナンドは布団の中に

蠟燭に息ふきかけて消したれば息子の顔は見えなくなりぬ

2012

テンテケテン

きつねが踊りおかめさんが踊りひよつとこが踊り始めて子は立ち上がる

貰ひたるひよつとこの面のくちびるの尖り真剣に子は真似てをり

お囃子のテンテケテンが鳴り出せば再び立ち上がり踊る子よ

日向ひよつとこ夏祭りの夜のたかぶりを冷やして驟雨過ぎゆきにけり

踊り終へひよつとこが人に戻りゆくさびしさに子はまだ気付かざる

2012

パレードは二時間続き今宵われは一生分のひよつとこを見き

斬り込むごとし

突風に煽られながら低く飛ぶとんぼの影がわが影に入る

まひるまの池まぶしくて白鷺の首のほそさに来たれる秋か

2012

たつぷりと太く緑濃きねこじやらしのみを息子は選び抜き取る

制服のブラウス白くひかりつつ公園の秋へ斬り込むごとし

秋果

はつ秋のロザリオ・ロッソといふ葡萄ひとつぶひとつぶ確かめて食む

ふくしまの白桃〈夕空〉タイへ行きうつくしき整列を見する秋

樹皮削られ水かけられて除染といふ苦しみののちのりんご〈国光〉

推進派からの電話は鳴りやまずゆふべ秋果を洗ひ続ける

栗名月

地上よりすすき引き抜き瓶に挿し子に挿しわれに挿す十三夜

今晩は月もはだしでのぼると言ふ息子の秋を確かめにゆく

2012

幼稚園といふ船にわれも乗り込みて栗名月の夜の入り口へ

アンパンマンになりきつてアンパンチする子の恍惚の後ろ姿よ

お供への芋はふかして果物は皮剝いて切つて持つて来ました

だれですかペットボトルにぎつちりとどんぐり詰めて供へた人は

「お父さん、お母さん」と呼ぶ壇上で子は「お母さん」とのみ小声で言ひぬ

トンボ柄の甚平を着る息子には息子のための月のぼるらし

2012

お月見会終はれば月はおりてきて息子の胸中ふかくへ沈む

尾鈴大山神

コスモスを見にゆきたしと言はざりき十一月は清く終はりぬ

〈日向富士〉くつきり見ゆる今朝晴れて人は尾鈴の山にしたがふ

木立ダリア見上げては過ぐる道の朝「徴兵制」を言ふ低き声

牧水がつね仰ぎゐしは裏側と聞きつつおもて尾鈴を仰ぐ

湧き水の引かるる日陰の石の上《へ》に置かれて緑のマグカップあり

頭には滝・トマト・葡萄載せてゐるゆるキャラ〈つのぴょん〉の過剰を愛す

どんぐりともみぢを苔の上《へ》に並べ子が描く天道虫のための地図

紅葉の盛りは過ぎて常緑の木々の向かうの紅透《あか》かし見る

2012

宮崎を選びて暮らすわれはわが息子のふるさとを選びしや

もみの木に似てもみの木ではないといふいぬもみの木の葉に触れずゆく

烏瓜の髭を初めてつまみたる息子の笑ひとまらなくなる

大き蜘蛛の巣に立ち止まり団栗を拾ひ最後尾を子と歩く

「顔が寒い顔が寒い」と繰り返しいまだこの世に慣れぬ息子は

返事せぬ息子叱れば「年上に威張るな」といふ決めゼリフ吐く

2012

山ガールの挑発にのり小走りで山道をゆく息子を追はず

滝の音にわれを濡らせり渓流に倒れ込みたる樹木見て過ぐ

会ひたしと思ふ罪思はざる罪を冬晴れにさらしひと日歩めり

水音はつねに聞こえてゐたりけり頰染めて言ふべきことならず

三時間かけ六キロを歩きたる息子の冷たき手を握りやる

猪汁《ししじる》のふるまひののち零余子入りおにぎり二つ分けてもらひぬ

いただいてばかりの冬の入口の松に吹く風すひこみ吐けり

もみの木は神となりたまひその昼を売店の老人が守りゐる

真榊と逆鉾そなへられてをり尾鈴大山神眠れるごとし

どんぐりのきみどり入れてポケットは深くなりたり山道くだる

午後二時の解散ののちこがらしが山ごと冷やす夜を思ひやる

泥酔は神に対する罪であると声してをれど振り返らざる

2012

みじめさを憐れまれしや尾鈴山瀑布群の全水量思ふ

道路脇に誰が植ゑたるコスモスの慰藉としてわれの視界よぎりぬ

叫ばず

みかん色とレモン色くらべみかん色の模造紙買ひてプラカード書く

クレヨンで書くプラカード「宮崎が好きだから」とのみ緑で書けり

叫ばずに県庁までを歩きをり菜の花色のTシャツを着て

車道ゆくデモを間近に眺めつつ他国の人を見るごとき目よ

「脱原発」と書かれたる青き風船が子を離れ空へのぼりゆくなり

叫ばずに渡すチラシの小ささよ自分が住む街を子と歩く

車窓よりデモを見くだす人あればみひらきてわれの視線を返す

「日本国憲法前文」暗唱の課題ありき十四歳《じふし》の夏休み

2012

子ども神楽舞ひ終へたる中学生が「神様になりきつた」と息をつく

出馬会見生中継を見続けたるのち電飾の街へ出でゆく

もう会ふことなからむ人より届きたる喪中葉書の消印〈銀座〉

下地先生逮捕されたる日曜日「バルク書」五章の朗読を聴く

「宮崎にたくさんお金をもつてきます」と叫びゐし人のポスターと見つ

曇天の待降節第三主日　投票に行く自転車漕いで

子はここに通ふのか小学校の体育館にて人の名を書く

投票のために来たりて校門のわきあざやかなる紅葉を仰ぐ

あきらめてゐるのはわれか「人間のみじめさ」といふ言葉聞きとむ

貧しき馬屋

クリスマスの飾り付けする降誕節第一主日しぐれ降る朝

ベツレヘムにまだ到着せぬ三人の博士は少し離して立たす

よつてたかつて〈貧しき馬屋〉を作る子らに貧しき感じはなかなか出せず

もみの木に貧しき馬屋にそれぞれに降る雪として真綿をちぎる

馬屋には二階のありてまだ生まれぬ幼子イエス像を隠せり

二〇一三年

象の乳首

マスクしてわれを見る人の目がすこし遠くなりたる朝をかなしむ

雪に濡らすことなき髪を切り揃へ歳晩の街へまぎれゆくべし

2013

テレフォンカードの穴のごときがあいてゐる虫食ひどんぐり子にもらひたり

爽やかは秋の季語にて爽やかを過ぎてこの時期の夕焼けの濃さ

四時間の充電終へたる自転車の〈頼れる感じ〉をわれのみが知る

福島へ帰省する友を見送りて青き電飾の夜を帰宅せり

ふるさとを思ひやる人のまなざしの雪晴れに目を細むるごとく

雪にほふしづけさに来てゐたりけり不当逮捕を告ぐるメールは

獄中の下《しも》地《ぢ》真樹《まさき》へ　冬空を仰ぐとき澄みてつながらむとす

二十日間の拘留を思ひ思ふのみのわれを引きずりパン買ひにゆく

磔刑のキリスト像の左脚　右脚よりやや深く曲がれる

柚子湯より早々にあがりたる息子　水鉄砲でわが目を狙ふ

湯豆腐の春菊のみどり除けてゐる息子の小癪なる箸づかひ

紅白の大きなかぶの届きたる大みそか子とスープをつくる

除夜の鐘聞こえてきたり少女期のやうなるつらさときにまだある

めでたさはほとんどなくてフェニックス自然動物園の元旦

リスザルの食事見る子はこのうへもなき元日のよろこびとして

フライングフラミンゴショーの七十羽ためらはず同じ方向へ飛ぶ

一斉に水辺を目指す群れの中もがくやうなる一羽、二羽をり

ライオンと格子隔てて向き合へりこちらが檻の中かもしれず

象のみどりはタイ語で指示を受けながら鼻で筆を持ち「へび」と書きたり

前足の付根の乳首を見せるため両足を揃へ象は屈みぬ

象の散歩、象の書き初めそののちの想定外の象の乳首よ

妊娠期間二十二か月といふ象の分厚き母性に倒れ込みたし

動物触れ合ひコーナーの列に並びたる巳年のはじめ　へびと触れ合ふ

覚悟して首で受け取るコロンビアレインボーボアといふにしきへび

イモリとヤモリの違ひを説明するパネル二度読みわけがわからなくなる

飼育係二人に背中を支へられポニーに乗りて子が手を振れり

ベアテ・シロタ・ゴードン死して旧仮名の憲法からうじて残りをり

しりとりの絵本にあればためらはず「げんしばくだん」と子が繰り返す

殺すことなかれ殺さるることなかれ影踏んでひとり遊ぶ息子よ

2013

牧水のやうに

てのひらの記憶がひらく　話すときひらきて白かりしてのひら の

立ち上がり聖書朗読するひとの一部始終を両目にしまふ

花の水かへむと今宵近づけば蛇踏みて立つ聖マリア像

牧水のやうに傘さして帰つたと雨に濡れ急ぎ帰つたと聞く

声

大淀川渡りゆくときわが内の湿地が川面を感じはじめる

ママチャリを漕ぐわれが映る　宮崎で健気に生きる被災者として

「報道してもらはなければ福島は忘れられる」と声は呻きぬ

言葉の射程長めにとらむとして黙る回り続けるカメラの前で

「わかります、夫も新聞記者ですから」口先だけはしをらしく言ふ

注文をこまかくつけるカメラマンのタバコ臭さを子が指摘せり

おびただしき取材の中で仙台に戻らぬ理由はつひに問はれず

カットさるると知りつつ話す仙台の土壌汚染のこと食のこと

福島の子ども達　宮崎に来んね！キャンプ

主婦として少しのお金と口を出し子を抱きその母の声を聞く

宮崎大学学生ボランティア

大きな鞄提げてキャンプの全行程ともにするといふ十八歳は

春の鳥いともたやすく聞き分けて農学部女子の底力よし

2013

福島より来たりて宮崎の土を指し「これさはってもいいの」と訊けり

四歳

土を掘りひたすら土を掘るだけの遊びする子を母は見守る

郡山から来て

「福島から来たお母さん」「宮崎のお母さん」どちらでもなくわれは立つ

福島で生きる母親に強さありその強さに国は凭れかかるな

容赦なく美談にからめとられゆく脇の甘さに酔ひて気付ける

私も子を連れていた。

福島へ明朝帰るお母さんが息子にカレーをよそひくれたり

ポケットに落葉をつめて雪しまく福島空港へ子らは発ちたり

整然としないわたしも美化されてフェニックスの下で写真撮られぬ

生ハムでおにぎりを巻き菜の花をアンチョビで和へて春昼ひとり

四歳の春のゆふぐれ震災時二歳の子さらに二年を生きて

靴の左右また間違へて履いてゐる息子と路上お月見会へ

六十五倍の望遠鏡から離れざる息子われより暗き目をして

子に呼ばれ望遠鏡をのぞきみれば月面ひろくみづみづとあり

首すぢ

硝子器に桃と菜の花いけられてそれぞれ違ふ沈黙をせり

毛氈の緋に映えて立つ甲状腺なき人形のほそき首すぢ

2013

友達を誘ひ砂場でおしつこをしたる息子の告白を聞く

〈津波対応〉〈不審者対応〉それぞれに避難訓練ある新学期

伊東マンショのびのびと聖歌うたひけむうらわかきその声をかなしむ

Ecce Homo　――この人を見よ

光撒くやうにおがくづをこぼしつつ木を切る人の孤独鋭し

天職といふものつひに無きわれか花冷えにくしやみして水を飲む

2013

どうか目をそらしてほしい　桜蕊踏み大股で歩みくるひと

葉桜といふには早き樹下に立ち背筋をのばす斉唱はせず

朗読に酔ふまじみひらけるわれに最初の言葉としてきみが立つ

はなびらが桜を離れ地に落つるまでの歓喜よ人に知らゆな

見ることすなはち暴力としてわれは見るいまだ誰にも逢はざる桜

説教はわが耳を楽しませるなくただに未踏の境地へと運ぶ

2013

天国に一瞬ふれたる指先は水辺にてわが名呼ばれしときか

他の誰とも違ふ方法でわれを見るその人をわがうちに得たかりき

アデノイド

自転車を漕ぎて自分を調節しイペー咲く春の宮崎をゆく

きみといふ旅人を知り旅人の孤独かがやける声に濡れをり

告白はかりそめならず早春の記憶に水とみことば光る

はやばやと鯉のぼり泳ぐ宮崎の空へ息子も一匹放つ

われも子もとりわけ大きアデノイド持ちて生きつつ鼻をかむなり

冷やご飯にジェノベーゼ混ぜたるのみの食事をともにして夏に入る

2013

まつすぐ

かたつむりにキャベツを与ふる神となり如雨露の雨をそそぐ息子よ

ベランダで紫蘇育てむとしてまづは土と牛糞買ひにゆくなり

「腐葉土は岡山以西のものです」とそれのみ手書きの肥料売り場は

放射能が気になりますかと尋ねくる声かすかなる侮蔑をふくむ

放射能汚染に触れざる食育のうつくしき魚の写真を掲げ

2013

福島へ戻る妊婦を讃へつつ言葉はわれをまつすぐに刺す

そのかみの清掃人《リクビダートル》　体もて見えざるものをぬぐひたまひき

馬と麦

夏きざす岬の丘をのぼりつめ海のまぶしさのみ分かち合ふ

母といふ窓不意にくもることのあり岬の馬の喧嘩見てゐて

馬が馬蹴る激しさに子は逃げてわれひとり馬の群れを追ひゆく

右前足すこし引きずり餌を食む小さき馬の顔を忘れず

柵越しに草食む馬をきみと見て馬に見られてゐたる数分

葡萄園のあたり小さき麦畑ありて青麦そよぎゐしこと

ふたたびを来てみればすでに刈り終はりたつぷりと風を入れこむ畑

麦伸びてあざやかに熟れてゆきたるを見逃したりしわれに五月は

鴉二羽去りたるのちの真昼間の明るさに屈み落穂を拾ふ

てのひらに落穂をしごき殻を吹くイエスの弟子たちのせしごとく

麦の秋たちまち過ぎてこの朝の記憶に馬のいななき挿む

無遠慮なるひとの言葉は光りつつかるがると柵越えて来たりぬ

聖書読むひとのかたへの風の席へまねかれて風の歌集をひらく

きまじめと思はれ遺憾　へべすソフトクリームなめて汗をぬぐへり

はつなつの樹下のベンチを共有しをりをり見上ぐ雲の速さを

まなざしを受けたる刹那ひばり鳴きわれは「ルツ記」のみじかさ思ふ

昼闌けて夏草の青濃くなれば日傘かたむけてその人を見ず

花時計の花を植ゑ替へゆく作業終はりまで見て帰らむわれも

今日何度目の大淀川か自転車のペダル踏み込み橋渡りゆく

窓ぎはの明るさに来て次に会ふ日を決めるとき押し殺すこゑ

2013

川を渡り会ひにゆくといふたかぶりを知らざりし日の青麦の穂よ

きみとこの夕焼けを分かち合へざれば息子と食べてゐる柏餅

夕暮は噴水もライトアップされ子のからだ濡れつつ灯りをり

ためらはず噴水にからだ濡らしゆく子のよろこびをわがよろこびとしつ

自転車に子を乗せて夏の夜を走り花魁道中に出遭ふ辻

あと六日のこる五月か迷ひつつ蛍見に行きたしと告げたり

満月の大きく見ゆるベランダに息子のパンツ五枚を干して

月光に子の下着乾きゆく夜をプランターの茄子やや太りたり

この世界の片隅で

6月3日（月）東日本大震災の復興予算で2千億円がついた雇用対策事業のうち、約1千億円が被災地以外で使われていることがわかった。

四階までのぼる息子が少しづつ階段を濡らしのぼりゆきたり

6月4日（火）原子力災害対策特別措置法に基づき、仙台市、石巻市、気仙沼市などで産出されたシイタケ（原木露地栽培）について、当分の間出荷を差し控えるよう、厚生労働省が宮城県知事に指示した。

嫉妬ときに美しと見てゐる朝《あした》サラダスピナーにレタスが回る

お向かひのドーベルマンのベルちゃんを絶叫させてゐるのは息子

6月5日（水）　福島県は、東京電力福島第一原発事故の発生当時に18歳以下だった子ども約17万4千人分の甲状腺検査の結果を発表、9人が新たに甲状腺がんと診断され、甲状腺がんの患者は累計12人に。

子の言葉そのままに書くひらがなの夫への葉書を毎晩書けり

6月6日（木）　原発事故で避難指示などを受けた福島県の13市町村の住民1万1千人超が、本賠償を請求していないことがわかった。

幼子の眠りを乗せて炎昼を特急〈海幸山幸〉走る

6月7日（金）　千葉県の発表で、江戸川で捕獲されたウナギから最大で1キロ当たり140ベクレルの放射性セシウムが検出されていたことが明らかに。

6月8日（土）　安倍首相は、自民党沖縄県連が普天間飛行場の県外移設を地域版公約に記す方針に関し「外交、安全保障は政府の専権事項。日米合意にのっとり進めたい」と、辺野古への県内移設を進める考えを強調。

羊羹とレインコートの差し入れがドアノブにさがるわが家に着きぬ

6月9日（日）　留置場で起きた公務執行妨害事件の対応が適切だったと装うため、大阪府警の複数の警察官が虚偽の調書を作っていたことがわかった。

われを待ち扉の前に立てる人ならず短く言葉交はして

6月10日（月）　政府と東京電力は、福島第一原発廃炉に向けた工程の見直し案を発表。三十～四十年かかる廃炉作業全体の終了時期の前倒しにはならないという。溶融燃料の位置や状態は把握できていない。

水やりをよろこびとして子は走る納骨堂の裏の畑へ

みどり色のホースを長く引きずりてよろけつつ子は水やりをせり

6月11日（火） 東京電力は、廃炉に向け作業が続く福島第一原発を報道陣に公開。汚染水をためる地上タンクの増設が続く。3号機のタービン建屋近くでは、放射線量が毎時1100マイクロシーベルトを記録。

『富士山大ばくはつ』といふ絵本届き息子五歳となる夕暮や

6月12日（水） 関西電力高浜原発について、地元・福井県高浜町の野瀬豊町長が、再稼働を容認する考えを明らかにした。

起きぬけに息子言ひ出づ「お母さんはもうすぐ女の赤ちゃんを産む」

6月13日（木） 復興庁で福島県の被災者支援を担当する水野靖久参事官が、ツイッター上で「左翼のクソども」などと市民団体などへの中傷を繰り返していたことが分かった。

水遊びしてふやけゐむ子の帰り待ちつつ玉蜀黍茹でてをり

6月14日（金）　宮城県は、県内の農林水産物の放射性物質測定結果を発表。東松島市浜市沖でとれたクロダイから放射性セシウムを140ベクレル、丸森町の阿武隈川でとれたアユから110ベクレル検出。

枯枝と枯葉を入れて小瓶には子の大切のダンゴムシ生く

6月15日（土）　関西電力と四国電力は、7月に原子力規制委員会に原発再稼働を申請する際、プルトニウム・ウラン混合酸化物（ＭＯＸ）燃料を使う「プルサーマル発電」も認めてもらうよう申請する方針を固めた。

枇杷の実の皮むいて子に渡したりのち卓上に照る枇杷の種

6月16日（日）　東京電力は、福島第一原発で3月末に試験運転を始めた放射性物質除去装置のタンクから、処理前の高濃度汚染水が漏れた疑いがあると発表した。

You Tube の小さき窓よりバチカンに幾万の傘濡るるを見つむ

6月17日（月）　日本原子力研究開発機構や大学チームの推計により、２０１１年8月からの約9カ月間に、阿武隈川水系を通じて海へ流れ出た放射性セシウムは約16テラベクレルであることがわかった。

休みなく喋る息子がザリガニを釣るときやうやく無言となりぬ

6月18日（火）　陸海空自衛隊が、米軍とカリフォルニア州のサンクレメンテ島で離島奪還を想定した訓練を実施した。

自転車の鍵見つからぬ夏未明　聖アントニオわれを救ひたまへ

6月19日（水）　福島第一原発で、岸壁から25メートル離れた井戸の地下水から、1リットルあたり50万ベクレルの放射性物質トリチウムが検出された。

6月20日（木） 安倍首相とブラジルのルセフ大統領は、27日の首脳会談で、ブラジルへの原発輸出など原子力協力の推進で合意する見通しとなった。

ピーナツ入りピーナツバターで炒めたるにんじんに醬油すこしたらして

6月21日（金） 東京電力は、福島第一原発で高濃度の汚染水を入れて塩分を抜く淡水化装置から汚染水が漏れたと発表した。漏れは約３６０リットルとみられる。

夕べのミサののちの息子の大欠伸まだまだ暮れぬ夏至の空見る

6月22日（土） 東京、大阪などで、在特会メンバーらによる「全国一斉日韓国交断絶行動」と称するデモ。

長風呂の息子のぞけば目を閉ぢて地蔵の真似で湯に打たれをり

6月23日（日）　東京都議選の投票率は43・50％。前回を下回り、過去2番目の低さだった。

砂時計、水時計ある真昼間や空耳ののち空目もしたり

6月24日（月）　東京電力は、福島第一原発の港湾内の海水から、原発事故後、最高濃度となる放射性物質のトリチウムが検出されたと発表した。

素裸の子ら噴水に集まりて髪を体を声を濡らしゆく

6月25日（火）　福島県は、原発事故による県民への外部被曝線量の推計で、約1万6千人分に誤りがあったと発表。実際より最大で0・4ミリシーベルト低くなっていた。

さつきまで麦藁帽子の中にゐしダビデいきいきと石を投げたり

6月26日（水）　沖縄電力を除く9電力会社の株主総会が始まり、電力各社は原発をできるだけ早く再稼働させる方針を示した。

「あなたは頭がいい人だから」と言はるる時つねかすかなるきみの蔑み

6月27日（木）　関西電力高浜原発3号機向けにフランスで製造されたプルトニウム・ウラン混合酸化物（ＭＯＸ）燃料を積んだ輸送船が、同原発に到着した。

よきことに悪しきことにすべてのことに終はりあり今日の花火も終はる

6月28日（金）　震災復興予算が電力会社の支援に流用されていることが分かった。国の要請で原発を停止させたことによる負担増を埋め合わせるため、約１００億円が「基金」に積まれていた。

舟洗ふ人を眺めてをりしかど去れり何事もなかつたやうに

シンディー・ローパー聴けば思ほゆ絶望と反逆ありしわが二十代

6月29日（土）　政府が福島県田村市の住民説明会で、除染の目標値が達成できなくても、個人で線量計を身につけ、個人線量が年1ミリシーベルトを超えないように自己管理しながら自宅で暮らす提案をしていたことがわかった。

エコバッグに歳時記と聖書隠しあり発火しさうな夕暮となる

6月30日（日）　米海軍厚木基地の軍用機が未明に東京都町田市の上空を飛行し、北関東防衛局や同市に市民から騒音の苦情が殺到。

独り来て句集ひらけり居酒屋の全席禁煙蜜のごとしも

7月1日（月）　韓国の尹炳世外相は、日韓外相会談の席上で、日本の愛国市民団体などによる嫌韓デモについて「表現の自由を越えている」と懸念を表明、日本政府の適切な措置を要請した。

7月2日（火）　東京電力は、福島県楢葉町で行われた震災がれき処理作業中に、表面の放射線量が毎時3・4ミリシーベルトの物質が見つかり、環境省から放射性物質の調査依頼を受けたと発表。

『屁こき嫁』読みし息子は「おならして仙台へ飛んで行かう」と言へり

7月3日（水）　原子力委員会が2005年に福島市で開いた公聴会に東京電力が出席者を動員した問題で、同社は本店の指示で43人を動員したことを委員会に報告した。うち11人は依頼を受けて原発肯定の発言をしていた。

保冷剤とりどりありて熱の子の両脚、両脇、首筋に置く

7月4日（木）　日本野鳥の会の柳生博会長は南相馬市を訪れ、津波被災地や原発事故後の野鳥の生態などを視察。原発事故の避難区域で住民が避難した所ではツバメが大幅に減少しているという。

折り紙の手裏剣と舟散乱す病児保育の小さき部屋に

酢の物を「すなもの」と言ふ子のために胡瓜を薄くうすく刻みぬ

7月5日（金）　東京電力は、福島第一原発2号機の海側に新たに掘った井戸の水からストロンチウムなどのベータ線を出す放射性物質が1リットルあたり90万ベクレル検出されたと発表した。

ねむの花を目印として戻りつつわれの方向音痴きはまる

7月6日（土）　東京電力は、福島第一原発港湾の1～4号機取水口北側で採取した海水から、1リットル当たり2300ベクレルのトリチウムを検出したと発表。港湾内で事故後最も高い値。

〈おとうさんといっしょにくらせますように〉大人の期待に応へ書きたり

7月7日（日）　東京電力は、福島第一原発の港湾近くの観測井戸で、地下水から1リットルあたり60万ベクレルの放射性トリチウムが検出されたと発表。

7月8日（月）　九州電力は、川内原発1、2号機の再稼働に向けた安全審査を原子力規制委員会に申請した。

朝のうた歌はぬわが子はればれと歌はぬ自由に口を結んで

7月9日（火）　安倍首相は、エネルギーの需給状況について「今原発を動かしていなくても大丈夫だ、という考え方は間違ってる」と述べ、電力4社から申請があった原発の再稼働に意欲を示した。

夕闇にほの白かりき羽化終へてあらたまりたる蟬の無防備

7月10日（水）　原子力規制委員会は、福島第一原発の原子炉建屋にたまった高濃度汚染水が、地下水と混じって海に漏れ出て拡散している疑いが強いと指摘した。

ゴミ捨てて子と手をつなぎ直したり蟬の羽化のそののちを見にゆく

7月11日（木）　日本原子力研究開発機構が発注した除染モデル実証事業で、中堅ゼネコンの日本国土開発が福島県南相馬市で生じた汚染水３４０トンを、農業用水に使う川に流していたことがわかった。

刺繍して一羽の赤き鳥を得し夕べ逢ひたさのあらはとなりぬ

7月12日（金）　九州電力は、玄海原発３、４号機について、新規制基準への適合を確認する安全審査を原子力規制委員会に申請した。

綿菓子にならぶ行列長過ぎて誰に隠れて飲む生ビール

7月13日（土）　インド南部にあるクダンクラム原子力施設が準備的稼働を開始し、臨界に達した。

お祭りの人ごみの中できみを探すごときはかなきときめきのあり

浴衣着て連れ立つといふこともなし〈まつり大淀〉の遠花火

7月14日（日） 東京電力は、福島第一原発タービン建屋東側の観測用井戸の水から、1リットル当たり29万ベクレルの放射性トリチウムが検出されたと発表した。

三連休、夫にありてわれになきこの世界の片隅で水飲む

7月15日（月） 安倍首相はインタビューで、将来的な憲法9条改正に意欲を示した。自衛隊を軍隊として位置づける必要性も強調した。

窓開けて眠る体の空隙に白南風をいれイエスをいれて

7月16日（火） 原発事故の被災者800人が、国と東京電力を相手取り被害回復や慰謝料などを求めた訴訟の第1回口頭弁論が、福島地裁であった。国と東電は請求棄却を求め争う姿勢。

たえまなく祈りなさいと言ふ声の竹山さんの声音に聞こゆ

7月17日（水）　四国電力伊方原発の安全性を審査する委員会の委員2人が、電力会社など原発関係の企業・団体から計280万円の寄付を受けていたことがわかった。

きつねうどん冷たきを噛むわれに遠きリオデジャネイロましてミッション

7月18日（木）　東京電力は、福島第一原発3号機の原子炉建屋上部で湯気のようなものが出ていると発表。

丸刈りに白きランニングのわが子笑へり昭和の男《を》の子のやうに

7月19日（金）　原発事故で、がんのリスクが高まるとされる100ミリシーベルト以上の甲状腺被曝をした作業員が、推計も含め2千人いたことがわかった。

7月20日（土）安倍首相は参院選の最終演説で、「誇りある国をつくるためにも憲法を変えていこう。皆さん、私たちはやります」と訴えた。

川沿ひの道くれなづみ幼子はトンボ群れ飛ぶ中へ入りゆく

7月21日（日）参院選選挙区の投票率は52・61%で、戦後3番目の低さ。

まだ信じないのかと言ふ声はして畑のバジル摘みにゆかむか

7月22日（月）東京電力は、放射性汚染水を含む地下水が海へ流出していることを、初めて正式に認めた。

滝に虹かかれる真昼　きみに触れず樹木を抱かぬ日々のやさしさ

聖ロレンツォの夜

シリアの子殺されたれば白く小さき包みとなりて届く、私に

福島の子の我慢讃へらるる夏　流れるプールにわれは流され

バチカンは晴天　シリアを言ふときの Papa Francesco 語気荒く言ふ

冷抹茶飲む夏の朝ひぢついて嫌ひなものを嫌ひと言へず

夏痩せて嫌ひなものは嫌ひなり　鷹女

「たたかひごつこしたい」と言へりつるつると冷たいうどん食べて息子は

「お前たちがヘブライ人の女の出産を助けるときには、子どもの性別を確かめ、男の子ならば殺し、女の子ならば生かしておけ。」
（出エジプト記一章十六節）

そのかみのモーセの絵本に「殺す」といふ動詞覚えて「殺す」と言へり

「赤ちゃんを殺す」と息子口走り午後の園舎に呼び出されたり

わたくしの半分ほどの年齢の担任にしひて弁解をせず

声合はせ歌ひつつ子と帰りたり“Hevenu shalom aleychem!”《みんなに平和がありますやうに》

戦争はまだはじまらず子のために水筒の紐やや長くせり

ダンゴムシ壜に集めて死なせたる息子の背中見つつ触れざる

2013

今にして思ふ炎暑の酔芙蓉、竹山さんのアメリカ嫌ひ

髭立てて若き宣教師たりし日のまなざしのみを写真にさがす

きみを語る言葉を持たず貝殻の冷え渡すとき触れしてのひら

「許す」とはつひに言へざるまま今朝のラジオ体操第一第二

謙遜を謙遜として受けとめず四角四面の日本語返す

日没ののちの心の照り翳り隠さずひとと歩く、海まで

2013

八重川の右岸ゆきつつ子は闇に溶け声のみとなりて笑へり

川沿ひに夜を行かむとし汗ばめる体へほそく水流しこむ

撃たれしはつばめにあらずつばめの子　聖ロレンツォの夜のしづけさに

殉教の涙燃ゆると聴く夜の堀切峠に流星数ふ

流星群降らむ夜空の深くなりきみの眼鏡を借りて見上ぐる

仰向けに子と手をつなぐ真の闇　蚊取り線香の煙に噎せて

空の傷とも見えながら星は逝ききみが母語にてつぶやける詩よ

帰りたいと子が言ひはじめ帰らうかつねに殺すべき気持ち殺して

シートより起きあがりたればわが髪は蚊取り線香のにほひしてゐる

肉親の死の痛み降りそそぎけむジョヴァンニ・パスコリその生の綺羅

2013

はまさか

丼づつやの温泉すべて制覇して麒麟獅子舞に差し出すあたま

香住鶴注いで注がれてせはしかる合間に蟹を残さず食べる

ぼんやりと麒麟獅子舞見てをれば猩々の腰の瓢簞真つ赤

以命亭の白きのれんをくぐりぬけ白き酒蔵に年譜読みたり

松林ぬけてあかるき砂浜へ但馬のブルー確かめにゆく

前田純孝には〈峠の歌碑〉と〈海の歌碑〉がある。

ゆくバスの最前列の陰山氏ふりかへりふりかへり純孝を語る

合併は八年前。

新温泉町となりたるその後も「はまさか」と言ふ声のあかるさ

聖夜

冬の窓二枚をみがき緘黙の冬青空を仰ぎみるべし

全体重かけて樹木を押し倒す刹那の人を間近に見をり

2013

倒さるる木々のいつぽんいつぽんがわが内に倒れ込みくる真昼

なんぼんの木を切り倒したる人か空の青さとつゆ関はらず

ニット帽からはみ出せる両耳のかたち美しすぎる歳晩

遠目にもその人の笑顔わかりつつよろこびは走る楡の木立を

どんぐりのひとつひとつに顔を描く遊びの果てに髭も描き添ふ

会ひたさをわが言はざればさらに遠き岬へと行く冬の約束

2013

冬紅葉して立てる櫨　大多数に合はせよといふ火の手が迫る

サル山のサルが柚子湯につかる昼　日本人は原発を売つてます

母としてマイクを握る危ふさのビールケースの上に立ちたり

夜のデモは言葉を運び灯を運ぶ「秘密は戦争のはじまりです」

電飾のアーケードをゆくデモにしてときに満月を見上げつつゆく

寒夜このデモにまぎるる痩身の今も地上を歩むイエスは

2013

街はくまなく電飾されて聖家族に居場所なかりし聖夜のごとし

蠟燭を傾けて火をあたへしやその夜その所作美しかりき

信仰の薄き者よと言はれたる夕べのわれは鍋を焦がして

柚子湯から上がりたるのちを読み進む獄中書簡集のクリスマス

航路ひらきゆく砕氷船　その人の指先の氷《ひ》を確かめたりき

四股名

名付けにはよろこびありて子の四股名考へてゐる夜の生姜湯

子の四股名蒲鉾板に太く書けば油性マーカーみるみる滲む

相撲大会前夜の息子「ドスコイ」とつぶやきながら寝つかれずをり

しりもちをつきあつけなく黒星のつきたる四股名再度呼ばれず

ひよこ組優勝力士は頭下げ白菜を受く賞品として

2013

優勝力士四人の土俵入りを見ず敗者の手をひきて帰りたり

二〇一四年

寒気殺気

冬空をのぼりゆく鳥の飛翔感きてミサ中の眼閉ぢたり

灯台は海へ光をこぼしつつ言葉をこぼすごとくためらふ

国家ではなくキリストに従へとただキリストに従へときみは

ディートリッヒ・ボンヘッファー（一九〇六〜一九四五）

書簡集の厚み開けば獄中の寒気から来る言葉の明度

北向きの窓もつ小部屋に臘梅の一枝一殺の香はこもりたり

まぶしかりし照葉の記憶きみの前に固く佇みゐたりし頃の

歌声の冴えて響ける水曜日聖書朗読の箇所を間違ふ

粗塩はオリーブオイルにとけながらフリルレタスの上《へ》を流れたり

2014

きみが束ねくれたる麦の穂のひかり卓上にあり冬はすぎゆく

トルストイの薄き文庫本もらひたりし夜の窓寒気に開かれてゐき

つまびらかにきみの書棚を見てしよりかすかにきみを憎みはじめつ

舟に雨たまりてゐたり心打ち沈みて別れきたれる夕べ

良き大工イエスの素手に触れられて体軀緊《し》まりし樹木の記憶

山頂が大地に語りかくるごとく力みなぎる説教と聴く

2014

一人だけ翼持つきみの悲しみはあらゆる木々を抱擁したり

大天使去りたるごときはばたきの音たてて冬の鴉飛びたつ

いくたびも無遠慮にわれを覗きこむ一樹の高さときに怖れて

病む者に雪のごとくに触れたりけむてのひらとその息を思ふも

憤激ののちかの人は荘厳なる孤高を持ちて歩み去りにき

復活の朝の冷気のすみわたり「ラボニ」と呼びしマリアの声は

2014

きみはつねに先立ちて歩み従ひてつきゆくときのわれの小走り

足もとに坐りたるわれにキリストへの最短距離を示したまひき

鹿の眼は大きく澄みてにんげんのわれに切なくくしやみをさせる

祈りたしと切に願ひし日のわれは降りはじめたる雪を見てゐき

マグカップに白湯そそぎたりいくたびも偽善をなししわれを再生す

夜をゆく松明行進の高揚にかすか覚えのありて黙せり

ナチス式敬礼の写真

左手に子の肩を抱く母親の右腕は高くまっすぐ上がる

一九三三年五月十日　ナチス・ドイツによる焚書

自らの本焼かるるを見にゆきてケストナーつくづくと見しやその火を

人間を焼く火、言葉を焼く火ありメンデルスゾーンの楽譜も燃えて

一九三六年八月一日　オリンピック開会式

総統がベルリンの空に放ちたりし鳩二万羽の自由の行方

高くもつと高く足先揃へつつ鵞歩行進の過ぎゆく朝《あした》

ベルリン滞在禁止、講演禁止、著作禁止

こきざみにカジュアルに自由死にゆくをそのスピードを体感すべし

腕時計に指先を当て確かめたるのちを加速してゆく説教は

一九三八年四月二十日　すべてのドイツ人牧師に総統への忠誠宣誓が求められる。

忠誠は求めらるるままつぎつぎに捧げられけむ　献花のごとく

寒月の大きくひくくのぼる夜の狩られゆく鹿の声に覚めたり

冬薔薇のつぼみ出荷のために剪られ水晶の夜の続きに開く

「煮えたぎる民族精神」の高揚が人間をあまた狩りて過ぎにき

あざやかに季節は移り暗殺もやむなしといふ論の緻密さ

2014

キリストへの服従として抵抗はとがりつつ遂に総統を撃ちき

一九四四年七月二十日「ヴァルキューレ作戦」実行

総統に近く置かれて爆発を待つ間充実したる鞄は

総統の鼓膜をやぶり爆音はラステンブルクの森を揺らしき

木の札に薔薇の品種はほそく書かれその名も花も雨に打たるる

かつてこの空に星座を据ゑたりし手が幼子の笑みをつつめり

まどかなるやまねの冬眠思はせて子は座布団に挟まれ眠る

2014

一冬を眠り続くることもなくわれに無傷の朝の来てをり

冬銀河重量もちてすみわたるこの夜のきみの祈りを知らず

旗竿のごとく思ひき日本語に耐へて静かに立ちゐし人を

寒気殺気夜空に満ちてきみの視野にわが在らざりし頃のすばるよ

どの夜も旅寝と思ひ至りつつ凪ぎわたる冬の海をみわたす

きみのすべての言葉をもらふ約束ののち明瞭となりたるわれか

2014

一九四五年四月九日　フロッセンビュルク強制収容所にて絞首刑

総統は三週間後に自殺して五月この世の夏のはじまり

絶望に慣れつつ寒き窓に寄り思はざる月の若さを仰ぐ

打馬

冴えかへる大隅半島南下して最南端を目指す歳晩

佐多岬突端に立ち突風に攫はれさうな子と手をつなぐ

2014

のびあがり対岸に目を凝らす子が開聞岳の三角を指す

打たれつつ傾斜を上りし万の馬見えつつ打馬《うつま》といふ街の朝

食前の祈りして箸取れる子のゑくぼの深さ指摘されたり

薩摩・大隅それぞれに暮れゆく夕べ「岬」は女性名詞と聞きぬ

2014

声冴えて

月知梅八分咲きとなる日曜の晴天　息子の指冷えてをり

一株を七十株に増やしたる臥竜梅二百年を黙して

梅林にひとの声冴えてわれを呼ぶ瞬間冴えて八重の純白

展望台より見下ろせば白梅に虻蜂群れてほしいままなる

ロープにて囲はれてゐる梅園を横から下から子は覗きこむ

月知梅見にきてまだまだ寒き昼すすめられたる甘酒飲まず

武家屋敷の小さき茶室の小さき窓開くれば小さき枝垂れ桃の木

「間に合はぬ」と言ひしは誰か遅速ありて満開となる梅のさびしさ

完熟金柑

沼津

弥生朔日曇天にして牧水の富士見えず香貫山を下りたり

牧水の井戸なくなりし市道《いちみち》の牧水旧居に小さき碑のこる

本当は三十万本以上ある千本松原われを黙らす

牧水の歩く速さを思ひつつたぶんそれよりゆつくり歩く

青柳に蝙蝠あそぶ絵模様の藍深きかもこの盃に　牧水

もう酒に濡るることなく牧水の盃にあそぶ小さき蝙蝠

俘虜若し海色の瞳に海を見つ　白泉

白泉は沼津に死にて白泉に水兵といふ現実ありき

長崎

窓濡らす雨は流れて羽田発最終便が長崎に着く

割烹ひぐち出でたるのちの馬場昭徳叱咤して小紋潤を歩かす

宮崎のお土産として渡したる完熟金柑〈たまたま〉五つ

詳細は思ひ出せぬまま楽しかりし神田神保町の思ひ出

宮崎

福島より来て宮崎に保養する母子を終日追ふカメラあり

ひとたびも土に触らず宮崎に来ても触れえぬ子と手をつなぐ

宮崎への移住を迷ひ泣く人に触れえずコップの縁を見てをり

「福島はもう大丈夫」と言ふ声に殺さるる声遠くおもふのみ

2014

三月十一日

となふるべき祈りのことば今日はありて黙禱はせず声揃へたり

白梅はひらき光れり微かなるきみのエゴイズムも見て過ぎぬ

脱原発金曜デモに雨降るをバスの窓より見下ろしてゆく

デモに行かぬ疲れた母を責むることなけれど責むるごとき声あり

何がどうなれば復興　仙台より夫去らしめしわれは俯く

三月十九日　聖ヨセフの祝日

「新入社員研修」と書かれたる名札つけいきいきと夫出社せり

新卒の二十二歳と研修をともに受けをり四十四歳《しじふし》の夫は

沈黙のうちに食器を洗ひ終へ わが家のヨセフ洗濯始む

完熟金柑皮ごと食べるよろこびを夫に教へむ春の夜の更け

月ほそくうすく見ゆるを子は言ひて獣あまた載る絵本をひらく

武器といふ言葉覚えて遊ぶ子が突如崩せり積み木の基地を

「お父さんいつまで居るの」と子は訊けり三人の暮らし五日目の朝

2014

宮崎方式

口あけて夫と子ねむる家を出て夜風に桜散るを見に来つ

よろこびを誰とも分かち合はぬ夜の桜見てゐて足首寒し

店内に吹き込む桜の花びらの幾ひらか踏まれ床にはりつく

はなびらの行方を追へばはなびらは地を吹かれつつ遠ざかりゆく

春ゆふべビーツの豆乳ポタージュに桜の花の塩漬けうかぶ

まづお湯をそそぐ宮崎方式で黒霧島のお湯割り作る

五歳児の黒きTシャツに描かれて大噴火してゐる桜島

桜の木にのぼる人

しかとはかりかねたるひとの誘ひありて来てみれば桜のどけかりけり

雨あがりの美々津海岸遊歩道くまなく歩き靴を濡らせり

2014

密林のごときをぬけて波かぶる遊歩道さらに早足でゆく

クサフグの産卵地にてなまなましき案内板をつぶさに読みぬ

大岩へ飛び移らむをためらへる一瞬ひとに手をとられたり

すべり台にのぼり展望したるのちすべり降る何もなかつたやうに

二分咲きの桜仰げり行き違ふことなく逢ひていつか別れむ

美々津とふことばの響きに笑ふひと神武東征に興味なし

「起きよ」とはかつてイエスも言ひしこと柱状節理見つつ思へり

黒き瓶に桜挿されて日没後お花見狂言会がはじまる

羽黒山ゆはるばる来たる山伏に子は手を振れりうつとりとして

かたつむりですかと問はるる人生の局面ありて子と見つめをり

太郎冠者よろこびて囃し続くるを涎して子は大笑ひせり

山伏が先頭となり去りゆけり揚幕上がり下がり暗闇

満開のさくら手ごはくわれを待つ夜へ繰り出さむと弁当つくる

挽肉に乾燥バジルすこし混ぜロールキャベツを煮る春の夜

菜の花とたけのこの大きかき揚げを冷まし弁当箱につめゆく

菜の花のバター炒めを子は食べておなかあかるくなつたと言へり

充実の今年の桜をともに見る人、　ともに見たき人ある夕べ

声出して詩を読む声に聞き惚れて高千穂梅酒すこし飲みたり

2014

散りはじめたる桜の木にのぼる人その幹を深く抱きてのぼれり

味覚臭覚なき人と見る満開のさくら聖別されたるごとし

明日以降きみの桜の記憶には鳥の声すこし混じりてをらむ

右傾化に唾吐きし人の歌声と聴きつつここは花冷えの街

シュタイナーのにじみ絵に子は集中しわれは桜のお茶を味はふ

桜のみ冴えてくぐもる人の声すでに銃後の街を歩めり

2014

葉のみどりやや増やしたる桜なれど近づけばさはにつぼみを持てり

桜前線さへ列島を分断し開票の夜を熱狂せずき

３１１の予定はと訊かれたりしこともう記念日となりたるごとし

桜ともに見たかりし誰をしのびつつ四月みちのく花仰ぐひと

2014

サムソンの怪力

いくたびかわれの祈りを中断しわが名呼びたりし神の量感

オリーブの枝を焚きつつ昨夜《きぞ》われはよどみなくわが罪を言ひしや

ストリートビューに故郷の跳ね橋を呼び出し見せてもらひし夕べ

一本の胡瓜を折りて分け合へる夕べを重ね梅雨明けとなる

その声も言葉もわれのものとして夕闇に人の輪郭を消す

2014

再稼働は十月か

川内原発五キロ圏内に配られてひかりの秋を待つヨウ素剤

二十八時間をかけて逃ぐべしとすでに事故後の計画はあり

住民約二七〇〇人に事前配布

種のごとく予言のごとくこまやかに一斉にヨウ素剤播かれたり

水筒に注ぎ足す麦茶この部屋も川内原発風下にある

九電に口座番号知らせずに窓口払ひを続けてゐたり

九電と契約をせずベランダで自家発電する市子《いちこ》ちゃん家《ち》は

2014

九電への丁寧な手紙読み上げて臨月の順子さんのまなじり

九電の子育て世代と飲み会をすべきと言へり今朝の繡香《すうひやん》

保育園の散歩カー借りて花を飾り子どもらとデモの先頭を行く

散歩カーに国籍さまざまの子は立てりあきらかに醤油顔のわが子も

街宣車に右翼叫べば的確に言ひ返す低き声を聞きたり

われわれのシュプレヒコールも街宣車に叫ぶ右翼と似てゆくならむ

2014

九電の営業時間終はりたる社屋の前でデモ解散す

絢爛たる夕焼けのもと絢爛たる利権はありて盛りゆくべし

ガザを嘆く声はあふれて夏真昼ガザからの声は小さく細し

ナジル人士師サムソンの怪力はガザの門柱を引き抜きたりき

報復はジャッカル三百匹の尾を結び火を放ち麦を焼きにき

主の霊は激しくくだりサムソンはロバの顎骨で千人《ちたり》殺しき

主の霊は激しくくだりサムソンの素手はライオンを引き裂きたりき

愛されてたつたひとりの夜ありけむサムソンの髪切りしデリラに

サムソンはデリラに溺れその夜《よ》神はたしかに彼を離れたまひき

銀千百枚を得てそののちのデリラいかなる人の愛を得にけむ

両眼を抉られしのちのサムソンをぬぐひしやガザの綿花のガーゼ

神殿の柱にもたれサムソンは自他もろともの圧死遂げたりき

怪力を無駄に使ひしサムソンの直情あるいは純情を思《も》ふ

サムソンの怪力いまの世にあらば　怪力といふわかりやすさは

暴力を根こそぎにする怪力のあらばそれはまた暴力ならむ

虹淡く立てるまひるま一升瓶かかへ走れるわれは見られたり

衆目のなか庇はるることのなきガザのただなかの人の命は

原発を売り武器を売るこの国に所属してわが紫蘇を摘む朝

2014

産めと言ひ殺せと言ひまた死ねと言ふ国家の声ありきまたあるごとし

聖フランシスコ・ザビエル日本語に苦しみて周防の夏の雲仰ぎけむ

「コヘレトの言葉」七章

死より罠より苦き女としてときに危ぶまれゐむわれの日本語

リナーテ空港の雑踏と明度くぐり来し金の十字架の小さきに逢ふ

ミサ中のイタリア語逐一訳されて光吸ふごとくわれは聴きをり

聖櫃に西日さしミサのラテン語はイタリア語をへてまたラテン語へ

2014

一週間目を合はさざる　先月より大きく重たき傘借りたまま

「起きて歩きなさい」と言はれてわれは歩く　整骨院のベッドを降りて

アロマ湿布匂はせ来たる夜のミサに火を噴くごとき説教を聴く

われは主に選ばれて立ち祝福をする大き手を遠く眺めつ

キリストへ　キリストに次いで唯一の人へ　祈りつたなかりし私へ

みどりごはあくびせりけり神がノアに見せたりし虹のごときあくびを

本集は「短歌研究」の八回の作品連載（二〇一二年六月号〜二〇一四年五月号）、「さくらあんぱん」（「短歌」二〇一二年六月号、第四十九回短歌研究賞受賞作）、「この世界の片隅で」（「短歌研究」二〇一三年九月号、短歌研究賞受賞後第一作）、「寒気殺気」（「歌壇」二〇一四年三月号）、「サムソンの怪力」（「歌壇」二〇一四年九月号）を中心に、同時期に「心の花」その他の雑誌や新聞に発表した作品をほぼ制作年順にまとめたものである。

桜《さくら》の木《き》にのぼる人《ひと》

二〇一五年九月八日　印刷発行

著者――大口《おおぐち》玲子《りょうこ》

発行者――堀山和子

発行所――短歌研究社
東京都文京区音羽一―一七―一四　音羽ＹＫビル　郵便番号一一二―〇〇一三
電話〇三―三九四四―四八二二・四八三三　振替〇〇一九〇―九―二四三七五

印刷所――豊国印刷

製本者――牧製本

造本・装訂――間村俊一

定価――本体三〇〇〇円（税別）

ISBN 978-4-86272-452-6　C0092　¥3000E